U0116714

成語更有趣

圖解100例

商務印書館

成語更有趣 —— 圖解100例

文字編著：毛永波　楊克惠　趙　梅

繪　　圖：張曉帆

出　　版：商務印書館 (香港) 有限公司
　　　　　香港筲箕灣耀興道 3 號東滙廣場 8 樓
　　　　　http://www.commercialpress.com.hk

發　　行：香港聯合書刊物流有限公司
　　　　　香港新界大埔汀麗路 36 號中華商務印刷大廈 3 字樓

印　　刷：中華商務彩色印刷有限公司
　　　　　香港新界大埔汀麗路 36 號中華商務印刷大廈 14 字樓

版　　次：2019 年 6 月第 1 版第 4 次印刷
　　　　　© 2012 商務印書館 (香港) 有限公司
　　　　　ISBN 978 962 07 0325 6
　　　　　Printed in Hong Kong

出版説明

　　成語大多都有其歷史來源，具有豐富的文化內涵。因為言詞簡練，表情達意，富有感染力，所以成語生命力很長，到今天依然活力旺盛。説話、寫文章若是能巧用成語，只短短四字，即可把心中的萬語千言，表達得清清楚楚，使平淡的語句頓然生輝出彩。

　　如何學習掌握成語，如何把遙遠的過去跟五光十色的現代生活結合起來？本書即是一個新嘗試，以全新的戲劇編創手法，把成語編寫成趣味小故事，故事的背景就是現代的生活，故事的主角就是你我、朋友、家長等等。這些故事不同於古代故事典故，而是取材自活生生的現實，從這裏可以看到都市人的喜怒哀樂，看到成長中的快樂和煩惱，看到身邊人物的影子。本書變古老的成語為生活化場景，每條成語均以四格形式來解構，深入淺出，詼諧幽默，輕鬆閱讀，從字裏行間，可體會到使用成語的妙處。

　　當然，要體會到妙處，首先要理解成語的基本語義，書中專闢篇幅，通過例句來示範用法，一些成語還選用了作家筆下的經典文句，以期能以少少許勝多多許。

　　這些成語都是最常用的，是從《香港小學學習字詞表》中選取出來的，共選取了200條香港小學生必學成語，分作兩本書出版，每本各收100條。書中例句多取自本館網絡中文學習平台"階梯閱讀空間"。這個學習平台為眾多學校採用並獲香港資訊及通訊科技獎。因此，本書既可作為學校課外讀物，亦可供親子閱讀，全家同樂。

商務印書館編輯出版部

目錄

1 一本正經

形容莊重嚴謹。有時反用其意,指故意做出正經的樣子。有時含諷刺意味。

潛水艇**一本正經**地説:「我潛到海底,可以隱藏起來,別人看不見我,但是,我可以通過潛望鏡看到海面的一切。」

每當我做功課的時候,他就**一本正經**地坐在一旁,拿着鉛筆,在紙上寫寫畫畫,還神氣地説:「姐姐,我也在做功課呢。」

媽媽**一本正經**地説:「你們已經長大了,要學會——自己管自己!」

正與反

- 不苟言笑　義正辭嚴　鄭重其事
- 嘻皮笑臉　油腔滑調　油嘴滑舌

2

2 一事無成

明白嗎？

一件事也沒有做成。多指事業上毫無成就。

試試看！

現在是學習的大好時光，如果你沉迷於玩樂，一定會**一事無成**的。

比起父親來，我覺得自己**一事無成**，當我漸漸長大，便開始明白不必和父親比較，只要凡事盡力，看清自己的長短處，再取長補短就可以了。

常常聽到一些同學說時間不夠用，竟把一些應該做的事情放棄了，結果就**一事無成**。

名人堂！

賈平凹《月跡・夜籟》：「莽撞撞地闖進社會幾年，弄起筆墨文學，**一事無成**，才知道往日幼稚得可憐。」

正與反

● 功成名就　勞苦功高　卓有成效

現提升阿成為經理。

我和阿成同年進公司，現在還是個小職員，真是一事無成啊。

你成就也不小呀，不是剛拿到專業登山教練資格證嗎？

謝謝教練！

3 一氣呵成

明白嗎?

呵，張口呼氣。一口氣完成。1. 多形容文章氣勢流暢。2. 比喻不停頓地快速做完。

試試看!

他醒過來的時候，就馬上**一氣呵成**地寫完一篇文章，甚至一個字都不用再改。

李白的詩歌，句句朗朗上口，篇篇**一氣呵成**，無愧於詩聖的桂冠。

辦事最緊要的是**一氣呵成**，最忌三天打魚，兩天曬網。

正與反

- 一鼓作氣　趁熱打鐵　連成一氣
- 一波三折　斷斷續續　東拉西扯

一席之地

明白嗎？

鋪一張坐席的地方。比喻極小的一塊地方或一個位置。

試試看！

當時，漢室面臨破落的時候，曹操與袁紹在變動的局勢中各自佔有**一席之地**。

能在文壇上佔有**一席之地**，對許多寫作的人來説都只是一個夢想！

通過多年的努力，他終於在美容零售行業佔據了**一席之地**。

名人堂！

《儒林外史》三五回：「不妨，我只須**一席之地**，將就過一夜，車子叫他在門外罷了。」

正與反

◖◗ 一隅之地　彈丸之地　立錐之地

5 一勞永逸

明白嗎？

辛勞一次把事情做好，就能得到長久的安逸。

試試看！

建長城的時候，朝廷是想**一勞永逸**，防禦遊牧民族南下侵犯。

社會是不斷發展，要不斷地學習才能適應社會的需要，所以學習不可能**一勞永逸**。

要是怕麻煩，最好想出**一勞永逸**的解決方案。

正與反

- 一了百了　一了百當　事半功倍
- 勞而無功　徒勞無功　事倍功半

6 一視同仁

明白嗎？
1. 以同樣的仁愛之心待人，不分親疏厚薄。
2. 對誰都用同一標準。

試試看！
她願意幫人，不論親疏，她都**一視同仁**，熱情相助。

考生錄取**一視同仁**，只以考卷得分作準。

王老師對待所有的同學都是**一視同仁**的：不論誰，做得好，就鼓勵；做得不好，就鞭策。

名人堂！
老舍《神拳》第三幕：「都是紳士，本縣向來**一視同仁**。」

正與反

- 視同一律　等量齊觀　相提並論
- 另眼相看　厚此薄彼　輕重有別

7 一鳴驚人

鳴：鳥叫。比喻平時默默無聞，卻一下子表現驚人或做出驚人的成績。

憑着自身不懈的努力，加上對電影事業的熱愛，夢露終於一鳴驚人，成為極具魅力的演員，並紅透整個荷里活。

比爾‧蓋茨不管做甚麼事情，總喜歡一鳴驚人，不然是不會甘心的。

他平時默默無聞，沒想到這次竟然一鳴驚人，獲得了作文競賽第一名。

正與反

● 一舉成名　一步登天　飛必衝天

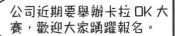

公司近期要舉辦卡拉 OK 大賽，歡迎大家踴躍報名。

人事部的阿 May 取得冠軍。

平時很少見你說話，沒想到你唱歌這麼好，真是一鳴驚人啊！

我大學的專業是聲樂。

8 一應俱全

應該具備的東西全都齊全。一應：所有一切。

這個文具店看起來很小，但是學生日常所需要的東西，卻**一應俱全**。

他們走進林中小屋，發現裏面基本的生活用品，**一應俱全**。

王老師愛好集郵，香港發行的郵票，他那裏都**一應俱全**。

正與反

- 面面俱到　應有盡有　包羅萬象
- 一無所有　一鱗半爪　空空如也

大張旗鼓

明白嗎?

擺開陣勢,搖軍旗、擂戰鼓。比喻聲勢、規模很大。

試試看!

這事不能小手小腳,必須**大張旗鼓**地進行。

王剛一擔任總經理,就**大張旗鼓**地搞起了機構調整。

他怎麼也沒想到,自己**大張旗鼓**籌辦的生日宴會,竟然沒人肯來。

正與反

- 重振旗鼓　聲勢浩大　大張聲勢　轟轟烈烈
- 偃旗息鼓　秘而不宣　不露聲色　悄無聲息

19

10 不以為然

明白嗎?

不認為是對的，表示不贊同。

試試看!

他口上雖然大聲答應，心中對這樣的做法卻**不以為然**。

一個盲人摸着大象的身體，**不以為然**地説：「報告大王，他們説的都不對，大象像一堵牆。」

趙奢看見同僚如此畏懼強權，心中大**不以為然**，竟親自跑到平原君的家裏去收租税。

正與反

- 嗤之以鼻　不敢苟同　滿不在乎　不以為意
- 五體投地　仰承鼻息

11 不亦樂乎

明白嗎？

亦：也。不也很快樂嗎？1. 說內心很高興。
2. 表示達到上限、極點，無以復加。

試試看！

接下來的幾天裏，他們便利用每天放學之後
的時間，在課室後面那塊壁報板上，寫呀畫
呀，忙得**不亦樂乎**。

你別看松鼠平時在樹上跳來跳去，玩得**不亦
樂乎**，其實玩歸玩，牠可是一點正經事兒都
不會耽誤。

名人堂！

《二十年目睹之怪現狀》六二回：「你幾乎惹出
事來！這個生意做得的麼！只怕就是四兩五
錢給你做了，也要累得你一個**不亦樂乎**呢。」

23

12 不遺餘力

明白嗎？

把所有的力量全用出來，一點都不留。

試試看！

即使是我的很不合理的要求，父親也總是**不遺餘力**、想方設法地來滿足我。

李校長熱心公益，為了幫助貧困地區的兒童能上學，他**不遺餘力**四處籌款。

正與反

- 全力以赴　竭盡全力　全心全意　盡心盡力
- 三心二意　留有餘地　敷衍了事

13 比比皆是

明白嗎？

到處都是，形容非常多。

試試看！

無恥之人無所不為，勢利小人**比比皆是**。但我們還是要堅持做好人。

縱觀江南水鄉，各式各樣的橋**比比皆是**。

名人堂！

《紅樓夢》二回：「上自朝廷，下至草野，**比比皆是**。」

正與反

- 俯拾即是　比比皆然　星羅棋佈　多如牛毛
- 寥寥無幾　屈指可數　寥若晨星　鳳毛麟角

26

14 日以繼夜

日夜不間斷。指日夜不停地做某件事情。

達‧芬奇專心致志、**日以繼夜**地辛勤作畫，全不顧室內的髒臭。

日以繼夜的繁重勞動，讓他的臉上多了許多與年齡並不相符的皺紋。

這個工廠**日以繼夜**地趕工，可想生意應該不錯吧！

曹禺《寫給女兒的信》：「天才是『牛勁』，是**日以繼夜**的苦幹精神。」

正與反

夜以繼日　通宵達旦　廢寢忘食　焚膏繼晷

15 方興未艾

艾:止。形容正處在興起上升階段,還沒有停下來。

珠三角的服務業正蓬勃發展,**方興未艾**。

智能手機越來越普遍,移動學習**方興未艾**。

正與反

- 方滋未艾　方興未已　朝氣蓬勃
- 日暮途窮　窮途末路

30

電腦網路團購消費在年輕人中方興未艾。

下班後我們出去吃飯吧?

這一週頓頓在外面吃,受不了了,我們回家自己做吧。

不行,我已經把這一個月的飯都團購了呢。

16 心曠神怡

明白嗎?

曠:開闊、開朗。心境開朗，精神愉快。

試試看!

那天清早，我們沿着石級上黃山，兩旁的樹木披着綠裝，山路變成了一條葱葱的長廊，而清新的空氣更令人**心曠神怡**。

所謂「西湖四時景色美，春夏秋冬總相宜」，西湖的美給人一種**心曠神怡**的感覺。

來到這裏，真像到了仙境，一切煩惱蕩然無存了，真是**心曠神怡**啊！

正與反

- 賞心悅目　悠然自得　神清氣爽
- 心煩意亂　心急如焚

33

17 引人入勝

明白嗎?

引人進入美好的境界。後多表示文章或風景等非常吸引人。

試試看!

諾亞方舟傳說**引人入勝**，敘述的洪水是否真的發生過呢?

《鏡花緣》書中的人物，有的人長兩個面，有的耳長垂地，有的歪心，有的無腸，有的專愛撒謊，有的一毛不拔，千奇百怪的情節**引人入勝**。

名人堂!

朱自清《甚麼是中國文學史的主潮》:「他給每章一個新穎的題目，暗示問題的核心所在，要使每章同時是一篇獨立的論文，並且要**引人入勝**。」

正與反

- 令人神往　心馳神往
- 味同嚼蠟　平淡無奇　索然無味

35

18 以身作則

身：自身；則：準則。用自身的行動作出榜樣。

最令我感動的是父親**以身作則**，用自己的經歷鼓勵其他殘疾人士，讓他們知道自己不是低人一等的。

不管別人怎麼樣，你自己先要**以身作則**才是。

魯迅《華蓋集・犧牲謨》：「難得你老兄**以身作則**，給他們一個好榜樣看，這於世道人心，一定大有裨益。」

正與反

- 言傳身教　身先士卒　身體力行
- 言行不一

36

19 毋庸置疑

明白嗎？

置疑：懷疑。確鑿無疑，不值得懷疑。

試試看！

毋庸置疑，「真理」是客觀，而「美」是主觀的，因為「美」是我們感受出來的。

這些證據足以表明，書中所記述的，都是**毋庸置疑**的事實。

在海邊建房屋是浪漫的事，但**毋庸置疑**，海風侵蝕房屋也是麻煩的事。

正與反

- 深信不疑　千真萬確　確鑿無疑
- 將信將疑　半信半疑　難以置信

38

聽說公司要評選最優秀員工，陳文會當選嗎？

毋庸置疑，肯定是陳文啦，他銷售業績最好嘛。

最優秀員工是張昇。

怎麼不是陳文？

他銷售業績是最好，但花公司交際費最多的也是他呀。

20 左鄰右舍

明白嗎？

指周圍鄰居。

試試看！

燕國壽陵有一位少年，聽到這個消息後，馬上對**左鄰右舍**的朋友說：「我要去邯鄲學邯鄲人走路，我學好了以後，回來教你們。」

他心地善良，做了一輩子好事，**左鄰右舍**讚聲不絕。

奶奶人緣好，**左鄰右舍**有事都喜歡找她解決。

名人堂！

《西遊記》六七回：「那老者滿心歡喜，即命家僮請幾個**左鄰右舍**，表弟姨兄，親家朋友，共有八九位老者，都來相見。」

正與反

● 三鄰四舍　東鄰西舍　街坊四鄰

21 目不暇給

明白嗎？

暇：空閒。指美好的東西太多，或景物變化太快，眼睛來不及看。

試試看！

三峽兩岸的岩壁因被江水沖刷而形成千奇百怪的形狀，有的像一隻隻圓盆，有的像精雕細刻的石花，使人**目不暇給**。

購物中心那裏大小的商店擺設着琳琅滿目的商品，令人**目不暇給**。

這個公園是世界著名的遊覽勝地，那裏有湖光、山色、噴泉等名勝，真教人**目不暇給**。

名人堂！

秦牧《菊花與金魚》：「一切藝術的道理也是這樣的，單一必然導致枯燥。而豐富多彩，**目不暇給**則是大多數人喜歡的。」

正與反

● 目不暇接　應接不暇　眼花繚亂

42

43

22 目瞪口呆

兩眼發直，講不出話來。多形容受驚或遇到突發事件時的表情。

皇帝把那侏儒帶到酒窖，很快皇帝就**目瞪口呆**了，只見他們拔開酒的木塞，嘴對着桶口就喝了起來。

公園裏的遊客看見成群結隊的野獸都搖大擺地走出鐵籠，一個個嚇得**目瞪口呆**，兩條腿像被釘在地上似的。

建設了三十年的北洋艦隊在甲午海戰全軍覆沒，尤其令中國人**目瞪口呆**。

正與反

- ◖◗ 瞠目結舌　張口結舌　呆若木雞
- ◖◗ 從容不迫　神色自若　不動聲色

44

23 史無前例

明白嗎？

歷史上從來沒有出現過的事例。

試試看！

一座大橋九個月就建成了，這樣的速度是**史無前例**的。

這次金融風暴對世界經濟格局造成的巨大影響是**史無前例**的。

在施政報告中，文化創意產業受到了**史無前例**的關注。

名人堂！

朱自清《論且顧眼前》：「現在的貧富懸殊是**史無前例**的；現在的享用娛樂也是**史無前例**的。」

正與反

- 前所未有　空前絕後　亙古未有

- 有例可循　接連不斷　絡繹不絕

47

24 包羅萬有

明白嗎?

指囊括了各種各樣的事物。

試試看!

他的收藏品真是**包羅萬有**啊，從玻璃球到模型飛機，甚麼都有！

這套百科全書**包羅萬有**，只要你有心去找，就一定能得到你想要的東西。

名人堂!

郭沫若《浪漫主義和現實主義》：「他所關心的事，真是**包羅萬有**。」

正與反

- 包羅萬象　應有盡有　一應俱全
- 一無所有　空空如也

25 包羅萬象

明白嗎?
萬象:指形形色色的事物。形容內容豐富,應有盡有。

試試看!
儒家文化博大精深,**包羅萬象**,是中華文化的源泉。

網絡上的東西**包羅萬象**,人們足不出戶就可以了解世界發生的大事小事。

名人堂!
朱自清《經典常談·〈史記〉、〈漢書〉第九》:「他相信《春秋》**包羅萬象**,採善貶惡,並非以譏刺為主。」

正與反

- 包羅萬有　應有盡有　一應俱全
- 一無所有　空空如也

50

26 司空見慣

明白嗎？

比喻事情經常見到，不覺得奇怪。

試試看！

幸虧他見過大場面，對蜂擁而上的媒體採訪早已**司空見慣**，所以，應對起來從容不迫。

街頭上騙人錢財的小把戲，人們早已**司空見慣**，不會輕易再上當了。

正與反

- 屢見不鮮　習以為常　見多不怪　不足為奇
- 絕無僅有　蓋世無雙　少見多怪　聞所未聞

52

小明和小亮是
一對雙胞胎

這是我的。

讓我先玩。

兩兄弟天天爭吵，
我是司空見慣，你
別見笑。

一會兒他們
又親親熱熱
一起玩了。

27 出人意表

表：外。出乎人們意料之外。

這次網球大賽的賽果**出人意表**，香港選手過關斬將，最終摘取桂冠。

推理小説能夠吸引讀者，就在於情節和結局往往**出人意表**。

正與反

- 出乎意外　出人意料　出其不意
- 情理之中　意料之中　不出所料

54

28 扣人心弦

明白嗎?
心弦：指受到感動而引起共鳴的心。多指詩文、表演等感染力強，牽動人心。

試試看!
開始時，海倫連個別音節都發不清楚，但後來，即使是莎士比亞劇本中**扣人心弦**的詩句，她也能表達自如。

最後決賽時，雙方勢均力敵，比賽**扣人心弦**，全場氣氛熱烈。

他講故事特別愛調人胃口，每到**扣人心弦**的地方就戛然而止。

正與反

- 動人心弦　引人入勝
- 無動於衷　不動聲色

56

昨晚NBA熱火對湖人的比賽你看了嗎？

當然，雙方拼搶得夠激烈，扣人心弦。

最後哪支球隊贏了？

唉，關鍵時候，停電啦……

29 耳熟能詳

聽得次數多了，幾乎可以詳盡地複述出來
了。

黃飛鴻的功夫故事，因為電影的傳播，中國
人已經到了**耳熟能詳**的地步。

父母那一代**耳熟能詳**的流行歌曲，我們這一
輩知道得少了。

經常聽他説起當年奪得冠軍的舊事，其中的
很多片段，我幾乎**耳熟能詳**了。

正與反

- 耳聞則誦　熟能生巧

- 寡聞少見　前所未聞

58

30 有目共睹

人人都能看到，明明白白，顯而易見。

他的成績不是很好，但每學期都有進步，這是**有目共睹**的事實。

這種藥不可能是萬靈藥，但她吃了之後，身體比以前好了很多，卻是大家**有目共睹**的。

正與反

- 眾目睽睽　眾目昭彰　眾所周知
- 有目無睹　視而不見　熟視無睹

31 匠心獨運

明白嗎？

獨創性地運用精巧的心思。多指工巧獨特的藝術構思。

試試看！

上屆奧運會點燃聖火的儀式令萬眾驚奇，可謂別開生面，**匠心獨運**了。

望着那一片花海，佈置得棋盤似的整齊，令人讚歎主人真是**匠心獨運**。

蘇州的留園建造得是那麼別致，從它的一山一石，一草一木，你都可以感覺到主人的**匠心獨運**。

正與反

● 獨具匠心　獨樹一幟　別出心裁

● 因循守舊　墨守成規　循規蹈矩

佳佳喜歡畫畫

你看我畫得怎麼樣？

穿西裝的猩猩？這個嘛……畫得還真是匠心獨運。

甚麼眼神？這是我給你畫的肖像來的。

32 自力更生

更生：重新獲得生命。用自己的力量獲得新生。比喻不靠外力，靠自己重興事業。今多指完全靠自己的力量做出成績、闖出事業來。

子孫們應當想到**自力更生**，何必為他們買田置房，這樣做只能使他們為爭奪財產而成為不義之人。

她雖然是一個殘疾人，但是卻一直堅持**自力更生**，從來不肯接受別人的施捨。

正與反

- 自食其力　獨立自主　自給自足　白手起家
- 仰人鼻息　寄人籬下　坐享其成

33 全力以赴

明白嗎?

赴:投入。投入全部的力量或精力。

試試看!

既然難得有機會參加校際比賽,我當然要**全力以赴**。

清乾隆年間修建頤和園時,曾集中了皇家畫師,**全力以赴**繪製長廊的彩畫。

要把事情做好就必須**全力以赴**,一曝十寒是做不好的。

正與反

- 竭盡全力　全心全意　不遺餘力　盡心盡力
- 敷衍了事　三心二意　心不在焉　漫不經心

34 危言聳聽

明白嗎?

故作驚人之語,令人吃驚。

試試看!

他猜測這可能是道士**危言聳聽**,想靠着捉妖來騙財的。

如果人類再這樣肆無忌憚地破壞環境的話,地球毀滅將不再是一句**危言聳聽**的話了。

名人堂!

魯迅《偽自由書·文學上的折扣》:「戰國時談士蜂起,不是以**危言聳聽**,就是以美詞動聽,於是誇大,裝腔,撒謊,層出不窮。」

正與反

- 聳人聽聞　駭人聽聞
- 甜言蜜語　花言巧語

35 守望相助

明白嗎?

相鄰村落各盡守護瞭望的責任,一旦有事,彼此要相互協助。

試試看!

鄉村生活雖然比較貧窮,但是村與村之間的**守望相助**,人與人之間的相互扶持,卻是永遠令人懷念的。

那時候生活很艱苦,但是大家**守望相助**,同心協力,難關也就渡過了。

正與反

◖◗ 團結互助　同舟共濟

◖◗ 勾心鬥角　落井下石

36 如願以償

明白嗎?

如所希望的那樣得到滿足。

試試看!

由於李麗珊積極進取，頑強拼搏，勇於突破自我，她終於**如願以償**，登上世界冠軍的寶座。

家裏養的貓總喜歡鑽到鍾斯太太的麵包房裏，當然，鍾斯太太是不會讓牠**如願以償**的。

正與反

- 稱心如意　天從人願　心想事成
- 難償所願　事與願違　適得其反

72

73

37 束手無策

束手：斂手。形容面對難題，毫無辦法。

人類在遇到困難的情況下，有人奮起反抗，絕處逢生，成為了勝利者；也有人**束手無策**，坐以待斃，成為可憐的失敗者。

傳說國王吃了無花果，長出了長鼻子和大耳朵，國內的醫生全部**束手無策**。

醫生們對卡在王子喉嚨裏的魚刺**束手無策**。有一個農民卻努力扮鬼臉，逗得王子止不住地大笑，結果吐出魚刺。

巴金《秋》：「覺明對那許多人的**束手無策**感到失望，但是他仍然追問下去。」

正與反

- 無能為力　一籌莫展　愛莫能助　心中無數　不知所措
- 應付自如　胸有成竹　計上心頭

你愁眉苦臉地幹甚麼？

有一個重要報告要寫，可電腦卻有問題，大家都束手無策呀。

哈哈，別着急，這故障你也會修。

38 別出心裁

明白嗎?

獨創出與眾不同的設計、構想或辦法。

試試看!

這樣**別出心裁**的裝潢設計，把居室打扮得非常個性化。

姐姐心靈手巧，**別出心裁**地把一件舊衣服改成活動布偶。

名人堂!

魯迅《且介亭雜文・門外文談》：「不畫刀背，也顯不出刀口來，這時就只好**別出心裁**，在刀口上加一條短棍，算是指明『這個地方』的意思，造了『刃』。」

正與反

- 別開生面　標新立異　獨出心裁　與眾不同
- 千篇一律　鸚鵡學舌　如法炮製　人云亦云

76

77

39 別開生面

明白嗎?

表示另外開創新的局面或創造新的風格、形式。

試試看!

北京奧運會點燃聖火的儀式**別開生面**，讓人嘖嘖稱奇。

王校長熱愛教育，又視野廣闊，他上任以後，學校的教學改革**別開生面**。

正與反

- 面目一新　別具一格　別出心裁
- 規行矩步　千篇一律　如出一轍

78

你的生日快到了，打算怎麼慶祝？

我想搞一場別開生面的化裝舞會。

我也在找她呢！

你知道哪個妖怪是今天生日會的女主人嗎？

40 身體力行

明白嗎？

指親身體驗，努力實行。

試試看！

吃素到底有沒有好處呢？這本書是他多年**身體力行**的經驗總結，看看就知道了。

他不光參加演講，勸人多行善，還**身體力行**，利用假期到貧困地區去幫助窮人。

正與反

- 事必躬親　躬體力行　親力親為

- 紙上談兵　誇誇其談

老師教導我們要愛護小動物。

愛護動物要身體力行。

怎麼全是素菜？

那您以後也不要買真皮提包哦。

41 青黃不接

明白嗎?
青：青苗。黃：成熟的穀物。1.陳糧已經吃完，新糧尚未接上。2.比喻人力、物力、財力暫時難以為繼。

試試看!
每到四月**青黃不接**的日子，偏僻鄉村的貧苦人都要經歷一段最難捱的時間。

手工藝眼下正處於一個**青黃不接**的階段，老的藝人已經衰老，而新的一代尚未成熟。

名人堂!
胡適《〈國學季刊〉發刊宣言》：「在這**青黃不接**的時期，只有三五個老輩在那裏支撐門面。」

正與反

- 難以為繼　後繼無人
- 後繼有人　人才輩出

42 取而代之

1. 指奪取別人的地位、權利而代替之。
2. 泛指以一事物取代另一事物。

他們派人四處散佈流言，説周公攝政是想篡奪周成王的君位，以便**取而代之**。

昔日南岸低矮的民房早已不見，**取而代之**的是一片片高樓大廈。

放在桌子上的那個精美的小花瓶不見了，**取而代之**的是一堆破碎的玻璃。

正與反

- 改朝換代　改弦易轍
- 一如既往　無可取代

84

43 知恩感戴

把別人對自己的幫助，時刻記在心裏，總是想着找機會報答。

奶奶經常教導我們，不要因為一點小事就抱怨別人，反而要**知恩感戴**，哪怕人家給的是一丁點的恩德。

感恩節的意義在於：告訴我們，不論是對親人還是朋友，都要懷有一顆**知恩感戴**的心。

正與反

- 感恩戴德　感激涕零　感恩圖報
- 恩將仇報　忘恩負義　背恩忘義

86

44 刮目相看

刮目：擦眼睛。「刮目相看」常跟「士別三日」連用，說別人已有進步，不能再用舊眼光看他。

賣燒賣的這家店，自從換了老闆，服務大大改善，讓人**刮目相看**。

老師聽了王小小的解釋，點頭讚許，認為他領會教義最深刻，其他同學從此對王小小**刮目相看**。

魯迅《偽自由書・航空救國三願》：「只有航空救國較為別致，是應該**刮目相看**的。」

正與反

- 另眼相看　另眼看待
- 視同一律　一視同仁

45 炙手可熱

炙：烘烤。在爐火上烘烤的手十分熱。用來形容一個人的權勢大，氣焰高。也用來形容某一物品已是受到人們的特別關注和喜愛。

隨着幾個大商場的落成，這個地段的房子開始變得**炙手可熱**。

從骨幹培訓班畢業後，他官運亨通，一路升遷，成了**炙手可熱**的一方權貴。

電影獲獎了，一直受人冷落的原作劇本也成了**炙手可熱**的暢銷書。

46 刻不容緩

明白嗎?

事片刻也不能拖延。形容情勢緊迫,不可
耽擱。

試試看!

對意大利政府來説,如何從水中拯救威尼斯
已經**刻不容緩**。

樓價越來越高,買不到樓的人越來越多,如
何遏制樓價過快上漲已經到了**刻不容緩**的地
步了。

火勢在蔓延,搶救住房裏的居民**刻不容緩**。

正與反

　　　迫不及待　　迫在眉睫　　千鈞一髮

你馬上到我家裏來，刻不容緩。

甚麼事這麼急啊？讓我一口氣跑上20層樓。

你不是要減肥嗎，給你一個難得的鍛煉機會。

相提並論

明白嗎?

把不同的人或事放在一起來看待或評論。

試試看!

蜜蜂與蝴蝶是一對常被人們**相提並論**的「孿生兄弟」,當人們讚美蜜蜂的勤勞樸實時,總愛拿蝴蝶來作反襯。

怎能把孔夫子與釋迦牟尼的思想觀念扯到一塊兒**相提並論**呢?

歐洲債務危機的規模足可與雷曼事件**相提並論**,而且開始對部分歐洲銀行造成相似的不利影響。

正與反

- 混為一談　同日而語　一概而論
- 一分為二　不可同日而語　另眼相看

王經理的秘書阿 Joe 辭職

聽說你最近換了一家新公司。

一家小企業，規模不能與原來的公司相提並論。

你在新公司還是做秘書嗎？

不，是做秘書的老闆。

48 耐人尋味

禁得起反覆琢磨、推敲、體會。形容意味深長。

這部作品乍讀乏味無趣，掩卷細想，才發現作者的構思奇妙，情節**耐人尋味**。

說到蘇州橋名，當時還有一些**耐人尋味**的名字，像塔影橋、日暉橋、彩雲橋、漁郎橋、鶴舞橋等等，這些都跟文人生性儒雅風流是分不開的。

葉聖陶《遊了三個湖》：「這些姿態所表現的性格，往往很**耐人尋味**。」

正與反

- 回味無窮　引人入勝　意味深長
- 枯燥無味　索然無味　興味索然

49 迫不及待

明白嗎?

急迫得等待片刻都不行。

試試看!

一看到她的信,我心急如焚,**迫不及待**地連夜搭飛機趕了過去。

考試一結束,學生們就**迫不及待**地討論暑假去哪裏玩。

阿明錯過了籃球比賽的直播,一回到家就**迫不及待**地向家人詢問比賽結果。

正與反

- ◖◗ 刻不容緩　急不可待　迫在眉睫　千鈞一髮
- ◖◗ 待機而動　從容不迫　不緊不慢　慢條斯理

Lily 生日，媽媽送給她一條漂亮的花裙子。

裙子很漂亮，可是現在穿會不會太早？

她迫不及待地穿着新裙子去上學

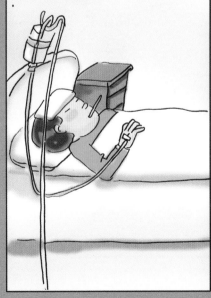

50 後顧之憂

後顧:向回看。來自後方、家庭的憂患或日後可能出現的隱憂。

球隊答應負擔訓練費用,有了良好的場館,又有了資金支持,球員們訓練就再無**後顧之憂**。

為了解除他的**後顧之憂**,警隊特意將他母親從家裏接了過來,這樣,他就可以輕鬆上戰場了。

正與反

- 後顧之患　憂慮重重
- 無憂無慮　高枕無憂

51 度身定做

度：衡量，計算。根據身體的尺寸來製作衣服。常用來比喻結合事物的實際情況制定具體的措施。

沒想到，她穿起姐姐的衣服來，非常合身，簡直就像為她**度身定做**的。

這套訓練方法，是教練根據他的身體狀況專為他**度身定做**的。

銀行提供個性化服務，聲稱可以為客戶**度身定做**理財大計。

正與反

- ◖◗ 量身定做　量體裁衣　度身定造
- ◖◗ 閉門造車　削足適履

52 美不勝收

明白嗎？

美好的東西太多，一時來不及欣賞。

試試看！

香港郊野公園草木青翠，景色**美不勝收**，是週末踏青的好去處。

故宮展出的文物琳瑯滿目，**美不勝收**。

正與反

- 琳瑯滿目　美輪美奐　金碧輝煌
- 不堪入目　滿目瘡痍　慘不忍睹

105

53 首屈一指

明白嗎？

屈指計算時，首先彎下大拇指。後表示第一，或比喻居於首位。

試試看！

供在藏經樓上玉佛堂的坐佛，高 1.9 米，寬 1.34 米，是中國最大的獨玉雕佛像，在世界上也是**首屈一指**。

清華、北大是中國**首屈一指**的名校，是許多學子嚮往的地方。

蘋果公司推出的手機，帶動潮流，深受歡迎，市場上的銷量**首屈一指**。

名人堂！

朱自清《航船中的文明》：「論功行賞，船家尤當**首屈一指**。」

正與反

- 名列前茅　獨佔鰲頭　鶴立雞群
- 名落孫山　平分秋色　不相上下

David 夫婦去車行買車

這是今年最新款，防盜功能首屈一指。

David 夫婦駕駛新車回家

你能告訴我怎樣才能把車門打開嗎？

54 首當其衝

明白嗎? 當,處於;衝,交通要道。比喻最先受到攻擊或遭遇災難。

試試看! 爆炸產生高溫,森林起火,黑雲密佈,一片黑暗,溫度也驟然下降,許多植物枯死,大量動物餓死,恐龍更是**首當其衝**,慘遭滅頂之災。

今年新產品銷售不理想,公司要壓縮人員規模,後勤部門**首當其衝**。

名人堂! 巴金《家》二二:「今天晚上恐怕會發生搶劫的事情,高家是北門一帶的首富,不免要**首當其衝**,所以還是早早避開的好。」

正與反

- 一馬當先　身先士卒
- 畏縮不前　踟躕不前

是不是你又把花瓶打碎了？

不是我，為甚麼每次有事，首當其衝懷疑的就是我？

早晨我不小心打碎花瓶，沒來得及打掃。

對不起，以後遇事一定先調查清楚。

55 津津樂道

明白嗎？

形容饒有興味地談論。

試試看！

古今中外，大家都**津津樂道**那些曲折離奇的故事。

當人們**津津樂道**那些八卦新聞時，他總是遠遠避開。

一代大師古龍有太多太多的經典作品，讓武俠迷**津津樂道**，難以忘懷。

110

56 疲於奔命

1. 因為四處奔走、窮於應付而勞累不堪。
2. 形容事情太多應付不過來。

她剛回香港，接下來又要到北京，連續三個月這樣**疲於奔命**，身心疲憊。

歐元區的消息時好時壞，市場情緒瞬間變化，令投資者**疲於奔命**。

正與反

- 四處奔波　馬不停蹄　蓆不暇暖

- 優遊自在　悠閒自得　以逸待勞

57 理所當然

按照道理應當這樣。

他歌唱比賽得過獎，**理所當然**地以為自己是學校合唱隊的正選人物。

父母對子女總是有很高的期望，這是**理所當然**的事。

山裏有野獸，水裏有魚蝦，樹上有飛禽，從古到今，這好像是**理所當然**。

葉聖陶《某城紀事》：「現在繼續努力，這是**理所當然**。」

正與反

- 天經地義　不容置疑　順理成章　理應如此
- 不以為然　毫不在意　豈有此理

58 掉以輕心

形容漫不經心，不當回事。

趙高似乎一直很輕視項羽等人的起義軍，曾說過多次「關東的盜賊沒有做大事的才能」，讓秦二世對起義軍的威脅**掉以輕心**。

社交網絡能幫助用户聯繫久未見面的親朋戚友，但應用時不容**掉以輕心**，要仔細確認前來找你的是否真是其本人。

甚麼程度的英文書給孩子閱讀很重要，不能**掉以輕心**。

朱自清《詩言志辨序》：「只要不**掉以輕心**，謹嚴的考證、辨析，總會有結果的。」

正 與 反

- 等閒視之　漫不經心　麻痹大意
- 鄭重其事　小心翼翼　小心謹慎

59 莫名其妙

沒有人能説出其中的道理或奧妙之處。形容很奇怪，不合常理，無法理解。

古時候，人們就發現有時天空中會**莫名其妙**地出現一顆彗星，它的形狀和其他天體都不相同，輪廓不清晰，還拖着一條尾巴。

他老是問一些令人**莫名其妙**的問題，惹得老師忍不住發脾氣。

一些**莫名其妙**的燃燒現象似乎説明了人體自燃現象的可能發生。

正與反

- 不知所云　不可思議　大惑不解
- 洞若觀火　一目瞭然　明察秋毫

118

119

60 捲土重來

捲土：捲起塵土，形容大隊人馬奔跑起來塵土飛揚。比喻失敗後積蓄力量，東山再起。

非典過後，民眾公共衛生意識普遍提高，積極預防，防止病毒**捲土重來**。

王先生雖然股市投資失敗，但他仍然樂觀地相信有**捲土重來**的一天。

茅盾《子夜》四：「雖說現在已經有了**捲土重來**的希望，他仍然不免有點悵悵。」

正與反

- 死灰復燃　東山再起　重起爐灶　重振旗鼓
- 偃旗息鼓　萬劫不復　一蹶不振　一敗塗地

121

61 雪上加霜

比喻困難或災禍未了，新的問題或災難又接踵而至。

冬雨冷冷，當人們正被嚴寒欺虐，十分需要太陽的溫暖時，冷冷的冬雨無疑是助紂為虐，給處於寒冷的人**雪上加霜**。

吳師傅剛失業，妻子又查出身患重病，對一家人來說真是**雪上加霜**。

正與反

- 禍不單行　落井下石
- 雙喜臨門　錦上添花　雪中送炭

62 眾志成城

大家一條心，就像城池一樣堅固，力量無比強大。

全體隊員**眾志成城**，幾天之後，一道環村的大溝挖成了。

水災過後，災民**眾志成城**，日夜奮戰，重建家園。

正與反

- 眾擎易舉　萬眾一心　戮力同心
- 一盤散沙　四分五裂　孤掌難鳴　一木難支

124

125

63 得天獨厚

明白嗎？

獨具某種先天賦予的優越之處。

試試看！

中東諸國雖處沙漠地帶，卻因盛產石油而富甲一方，可謂**得天獨厚**。

香格里拉**得天獨厚**的自然風光吸引了無數遊客。

嘉玲天生一副好嗓子，學習唱歌有**得天獨厚**的優勢。

正與反

◖ 天時地利　地利人和

◖ 先天不足　差強人意　內外交困

126

64 得心應手

表示依照自己的想法，運用自如。多形容技術純熟或做事順手。

經過反覆多次的試驗，蒙恬終於發明了一種寫起來**得心應手**的毛筆。

大偉大學修電子專業，處理各種電腦問題**得心應手**。

茅盾《霜葉紅似二月花》：「伯申能辦輪船公司，但在這習藝所上頭，未必能**得心應手**。」

正與反

- 心手相應　遊刃有餘　駕輕就熟
- 力不能及　手忙腳亂　力不從心

65 脫穎而出

明白嗎?

穎：錐子的尖端。表示有真才實學的人，一旦遇到機會，便能立即展現並發揮其才能。

試試看!

其實，我如果入選學校游泳隊，早就**脫穎而出**的，何止露一點尖鋒！

舞蹈比賽中，敏儀發揮出色，從眾多選手中**脫穎而出**。

名人堂!

老舍《四世同堂》七：「說不定哪一天他就會**脫穎而出**，變成個英雄。」

正與反

- 嶄露頭角　鋒芒畢露
- 深藏若虛　深藏不露

66 琳琅滿目

琳琅：美玉。形容到處都是美好的、珍奇的東西。

購物中心那裏，大小的商店擺設着**琳琅滿目**的商品，令人目不暇給。

這是個綜合書店，中英文圖書**琳琅滿目**，五花八門。

 正與反

- 金碧輝煌　美不勝收　美輪美奐
- 瘡痍滿目　不堪入目

阿廣陪女朋友
買生日禮物

商品琳琅滿目，真不知選哪樣好。

你中意甚麼便買甚麼。

我看你還是先和你的錢包商量商量吧。

67 提心吊膽

形容格外擔心或十分害怕。

像你住的地方，實在不好，看那來往經過的人馬，哪一個不讓你**提心吊膽**，簡直是一刻不得安寧，何苦死守在這個地方呢？

「魔鬼三角」海域經常造成飛機艦船失蹤的事實，使所有經過這裏的人感到**提心吊膽**。

幾年來我**提心吊膽**替他老人家保管着手稿，深恐稍有錯誤，對不起老人的囑託。

正與反

- 擔驚受怕　心驚膽戰　心驚肉跳

- 心安理得　談笑自若　悠然自得

134

第一天開車上班,感覺如何?

剛開始有點提心吊膽,幸好後來有一位警官幫忙,總算順利來到公司。

警察開車送你來公司?

警察把車開到維修廠,我打的士來公司。

68 揚長而去

明白嗎?

揚長：大模大樣的樣子。不管不顧，徑自離去。

試試看!

他跟你說道歉了，但你還是假裝甚麼都沒聽到的樣子，**揚長而去**，這未免氣量太小吧。

農夫揮動鋤頭，叮叮咚咚，好一會，把樹砍斷了，連枝帶葉，扛在肩頭上，**揚長而去**了。

正與反

◖◗ 拂袖而去　不歡而散

136

你怎麼又遲到了?

路上遇到一位老太被人騎單車撞倒,撞人者居然揚長而去。

所以你把老太送到了醫院?

我去追那個撞人逃逸的人。

69 朝三暮四

明白嗎?

原說使用名變實不變的欺騙手段，後比喻變化多端或反覆無常。

試試看!

做人誠信第一，沒有比**朝三暮四**更令人反感的了。

明仔做事總是**朝三暮四**，一會兒要作保險經紀，一會兒要自己開舖，結果幾年下來一事無成。

名人堂!

魯迅《墳·燈下漫筆》：「釐定規則：怎樣服役，怎樣納糧，怎樣磕頭，怎樣頌聖。而且這規則是不像現在那樣**朝三暮四**的。」

正與反

- 朝秦暮楚　反覆無常　朝令夕改
- 墨守成規　一成不變　從一而終

無可奈何

明白嗎？

奈何：如何、怎麼辦。想不出任何辦法來。

試試看！

小聰**無可奈何**地站起身，準備找點甚麼書看看，誰知不小心絆在椅子腳上，一下蹲倒了。

兒子感到**無可奈何**，覺得父親還是不信任他，所以只能一言不發，轉身離去。

弟弟這才明白自己中了計，**無可奈何**，只好把錢如數還給了姐姐。

正與反

- 百般無奈　迫不得已　愛莫能助　無能為力
- 誠心誠意　千方百計　想方設法

141

71 無所適從

明白嗎？

意為不知跟從誰才好。後表示左也不是，右也不是，不知該怎麼辦好。

試試看！

全家計劃外出旅行，媽媽説去日本，爸爸説去泰國，聽起來都很有道理，搞得我都**無所適從**。

生意遇到困難，是繼續做下去，還是乾脆放棄，夥伴們爭論不休，我也**無所適從**。

正與反

● 莫衷一是　不知所措

● 擇善而從

142

143

72 無動於衷

明白嗎?

內心毫無觸動,毫不在意、漠不關心。

試試看!

聽完麗莎的遭遇,大家都很氣憤,唯獨他鐵石心腸,**無動於衷**。

軒仔想買一輛新單車,但無論他怎樣懇求,媽媽都**無動於衷**。

名人堂!

老舍《不成問題的問題》:「神聖的抗戰,死了那麼多的人,流了那麼多的血,他都**無動於衷**。」

正與反

- 不動聲色　麻木不仁　不為所動
- 喜形於色　情不自禁

唉，女朋友要和我分手。

如果你捨不得，就約她好好談一談。

昨晚已經苦苦哀求了，可她無動於衷，堅持要分手。

你是怎麼和她說的？

我向她發誓，一定不再送花給人事部的阿May、不約財務部的阿清看電影。

73 無懈可擊

懈：漏洞、破綻。形容十分嚴謹或周密，
沒有可以讓人攻擊或挑剔的地方。

推廣部提出的新產品推廣方案，非常完美，
看上去**無懈可擊**，實際上是紙上談兵。

在公司的幾次面試中，林達都表現得**無懈可
擊**，終於獲得錄用。

梁啟超《續論市民與銀行》：「銀行自身若是**無
懈可擊**，何至一牽動便牽動到這樣。」

正與反

- 天衣無縫　無隙可乘　自圓其說
- 破綻百出　自相矛盾　不攻自破

146

74 無濟於事

明白嗎？

濟：補益、幫助。對事情沒有甚麼幫助。

試試看！

如今遠水不救近火，就是我們再幫點忙，至多再湊點錢，也**無濟於事**。

學習主要靠自己努力，不努力的話，別人再怎麼想幫忙，也**無濟於事**。

正與反

- 杯水車薪　於事無補　徒勞無功
- 行之有效　立竿見影

148

75 順理成章

遵循事理，文章自然有章法。後指説話做事合乎情理或自然而然。

政府收入這麼多，還富於民，減税應該是**順理成章**的事。

本來以為曉敏和林浩實力超群，進入決賽是**順理成章**的事，哪知道他們竟然會失手呢？

正與反

- 水到渠成　馬到成功　理所當然　瓜熟蒂落
- 顛三倒四　本末倒置

150

76 循序漸進

學習或做事按一定規程、條理，一步步朝前進展。

康復專家建議，病人手術後做運動要**循序漸進**，不能太着急。

人類的進化是一個**循序漸進**的過程，猴子不是一夜之間變成人的。

正與反

 按部就班　由淺入深　循規蹈矩

 一步登天　揠苗助長　一落千丈　欲速不達

152

77 發揚光大

光大：使輝煌盛大。充實發展，使更加輝煌盛大起來。

從小學習儒家文化，體會仁愛精神，為的是長大了，能把中國固有的精神**發揚光大**。

小民出生於中醫世家，她父親一直培養她，期望她將家傳醫術**發揚光大**。

正與反

- 增光添彩　大放異彩
- 湮沒無聞

154

你喜歡哪一項體育活動？

我報名參加了學校的武術隊。

武術是國粹，你要好好訓練，把中華武術發揚光大。

下次數學測試若還不及格，我就不用那麼害怕了。

78 當務之急

明白嗎?

務：事情。本意是說眼前應做的事才是最重要最緊迫的。後來則指當前最急需辦的事情。

試試看!

如今物價騰貴，我們家應對通貨膨脹的**當務之急**，就是開源節流，做好家庭理財。

治理環境污染，保護地球生態，已經成為現代社會發展的**當務之急**。

 正與反

- 燃眉之急　迫在眉睫　事不宜遲
- 長遠之計

79 與眾不同

與大多數人不一樣。形容人或事物有特色、特點，情況特殊，不同一般。

太陽家族裏的弟兄們，儀表個性各不相同：木星是既胖且大；水星就非常的瘦小；土星的裝飾最為**與眾不同**，他的腰圍上繞着一個大環子，從望遠鏡裏望去，無論哪一個行星都比不上那般美麗輝煌。

父親教導她要有自己的主張，她從小便樹立起堅定的自信與主見，形成**與眾不同**的強烈個性。

葉聖陶《一個青年》：「只看一對對羨慕的目光注視着自己與他，便覺得自己是特別優越**與眾不同**的人了。」

正與反

◐ 司空見慣　平淡無奇　習以為常

158

Lisa到髮型屋設計髮型

你看我的新髮型怎麼樣?

確實與眾不同,不過我看今天的約會還是取消吧。

80 微不足道

明白嗎？

很少或很小，根本不值得去說它。

試試看！

可別小看了這些**微不足道**的節能行為，專家指出，節能燈比普通白熾燈省電 80％以上。

小帆這才知道，自己的煩惱和二伯父相比，是多麼**微不足道**。

名人堂！

郭沫若《百花齊放・單色堇》詩：「在草花中我們雖然是**微不足道**，但我們的花色卻算是紫色代表。」

正與反

❤❤ 微乎其微　不足掛齒　不值一提

161

81 煥然一新

明白嗎？

光彩耀眼，呈現出新的面貌、新的景象。

試試看！

多年來一直破敗不堪的居民小院，經過整修，完全**煥然一新**了，顯出一種奇異的氣質。

春光明媚的日子裏，我沿着泗水河畔去踏青，到處是**煥然一新**的景物。

正與反

● 耳目一新　煥然如新　氣象一新

82 輕而易舉

非常容易，沒有任何困難。舉，向上托起來。

即使在夜間，老虎憑着其靈敏的聽覺和視覺，也能活動自如，**輕而易舉**地捕到食物。

小象甩開長鼻子，**輕而易舉**地把一根大木柱舉向了半空。

因為當時的生態環境好，動物品種繁多，大熊貓們可以**輕而易舉**地找到食物。

正與反

- 易如反掌　唾手可得
- 來之不易　寸步難行

83 對症下藥

明白嗎？

1. 醫生針對病情用藥。2. 比喻針對具體情況制定解決問題的具體方法。

試試看！

醫生開始**對症下藥**，先調養，再用藥，病人的病慢慢地好起來了。

經理一上任，就**對症下藥**，精簡機構，解決了公司人員冗雜的問題。

正與反

- 有的放矢　因地制宜　因材施教　因勢利導
- 無的放矢　生搬硬套　一成不變

166

小明上學經常遲到

小明總是半夜起來偷偷玩網絡遊戲，早晨肯定起不來了。

知道原因就可以對症下藥。

（拉電閘）怎麼停電了？看來大家只好睡覺吧。

84 嶄露頭角

明白嗎？

比喻顯示出超群的才能和本領。

試試看！

李斯來自楚國，也是被逐的人，卻敢上書，對秦國的文化落後還不無諷刺，結果反而得到秦始皇欣賞，**嶄露頭角**，《諫逐客書》也成為中國著名的議論文。

音樂天才莫札特四歲開始作曲，十歲寫歌劇，少年時代就在音樂上**嶄露頭角**。

相傳他七歲時已**嶄露頭角**，寫得一手好字。

正與反

- ● 牛刀小試　初試鋒芒　脫穎而出
- ● 不露圭角　默默無聞　深藏不露

169

85 精益求精

明白嗎?
表示本來已經很好了,還要進一步追求更好。

試試看!
機器凡是能本國製造的,就盡量自己製造,然後**精益求精**,改造設計,再出口國外。

曉雯對工作從來都是一絲不苟,**精益求精**,交她辦事大家最放心。

正與反

- 精雕細琢　精雕細鏤　千錘百煉　一絲不苟
- 粗製濫造　得過且過　囫圇吞棗　敷衍了事

86 實事求是

本指弄清事實，求得正確的結論。後指依據實際情況看待問題、處理問題。

我們對待問題應該**實事求是**，不要為了一團和氣而掩飾問題。

只要做人誠實，**實事求是**，自然會有很多朋友。

正與反

- 就事論事　腳踏實地　光明磊落
- 弄虛作假　好高騖遠

172

87 盡善盡美

表示非常完美，沒有不足之處。

要想創品牌，除了產品質量一流，還要服務**盡善盡美**，才能獲得消費者擁戴。

小琪做任何事情都認真仔細，務求**盡善盡美**。

老舍《茶館》二幕：「王淑芬正和李三忙着佈置，把桌椅移了又移，擺了又擺，以期**盡善盡美**。」

正與反

- 完美無缺　十全十美　精美絕倫
- 一無是處　一無可取　一塌糊塗

175

88 歎為觀止

明白嗎?

表示因為好到極點而非常讚歎。

試試看!

紅樹鱂魚適應環境的能力,確實令人**歎為觀止**。

國寶級的文物精品展,令人大飽眼福,**歎為觀止**。

正與反

- 拍案叫絕　擊節歎賞　讚不絕口

- 嗤之以鼻　不屑一顧

89 賞心悅目

欣賞美好的景物，心情舒暢愉快。

要是我能夠搜集到一些精美的錢幣，閒時拿出來欣賞，那真是**賞心悅目**！

瑞士最**賞心悅目**的風景全在阿爾卑斯大山脈中。

秋高氣爽的時候夜遊西湖，明月當空，月色灑滿湖面，一片銀光更是**賞心悅目**。

魯迅《故事新編·採薇》：「只見新葉嫩碧，土地金黃，野草裏開着些紅紅白白的小花，真是連看看也**賞心悅目**。」

正與反

- 心曠神怡　歡欣鼓舞　喜聞樂見
- 怵目驚心　觸目驚心

178

179

90 層出不窮

接連不斷地出現，多之又多。

電腦技術一日千里，新軟件新功能**層出不窮**。

這些銷售人員為了業績，一眨眼一個花樣，促銷手法**層出不窮**。

那個地動山搖的瞬間，像這樣令人感佩的事例**層出不窮**，比如他本來已逃出教室，又毅然返回救助被困的同學。

正與反

◖◗ 層見疊出　屢見不鮮　司空見慣

◖◗ 寥寥無幾　寥若晨星　難得一見

181

91 舉足輕重

明白嗎?

比喻處於關鍵地位，一舉一動都會影響全局。

試試看!

他是學校裏**舉足輕重**的資深副校長，凡是用錢的時候，都要得到他的批准。

他是創業的元老，在公司的地位**舉足輕重**，雖然現在退休了，大家仍然敬他三分。

正與反

- 至關重大　不可或缺　必不可少
- 無足輕重　無關大局　可有可無

183

92 錦上添花

明白嗎?

在有彩色圖案的絲織品上再繡上花。比喻好上加好,更上層樓。

試試看!

曉江剛獲公司升職,接着又**錦上添花**,被轉調到總公司工作。

朋友真正的友誼不僅在於能**錦上添花**,更在於能雪中送炭。

正與反

- 精益求精 如虎添翼 雙喜臨門
- 雪上加霜 落井下石 趁火打劫

93 隨心所欲

明白嗎？

指一切按自己想的辦，想怎樣就怎樣。

試試看！

在自己的領地裏，老虎可以稱王稱霸，**隨心所欲**，晝伏夜出，按照一定的路線尋察和捕食，從不到領地以外的任何地方去與其他同類爭食。

在科幻小説中，未來的人類可以駕駛汽車，**隨心所欲**地在天空中穿梭。

名人堂！

《紅樓夢》九回：「寶玉是個不能安分守理的人，一味的**隨心所欲**。」

正與反

- 為所欲為　無所顧忌　得心應手
- 謹小慎微　縮手縮腳　力不從心

186

187

94 瞭如指掌

清楚得就像指着自己的手掌給人看一樣。
後用以形容完全明白，一清二楚。

他在圖書館工作了三十幾年，對每一本藏書
都瞭如指掌。

法國昆蟲學家法布爾，經過長期觀察研究，
對幾百種昆蟲的習性瞭如指掌。

正與反

💬 一目瞭然　一清二楚　洞若觀火

💬 一無所知　聞所未聞

初次見面，請容我先自我介紹。

你叫 Niky，任職證券公司，香港大學畢業，家裏有父母和一個弟弟。

為甚麼你對我的情況瞭如指掌？

職業習慣，我是私家偵探。

95 應運而生

應:順應。原指順應天命而誕生,現在多指順着時代的需要和事情的發展而出現新的事務。

隨着技術的進步,網絡銀行、手機銀行等新型金融服務**應運而生**。

社會重視環境保護,太陽能綠色能源產業於是**應運而生**。

正與反

- 順天承運　應時而生
- 生不逢時　背時乖運

190

96 難能可貴

明白嗎？

不容易做到的事竟然做到了，是非常可貴的。

試試看！

他把一生的積蓄都拿出來捐給了災區的貧民，真是**難能可貴**。

他身家豐厚，卻生活儉樸，平易近人，**難能可貴**地保持了平民作風。

正與反

- 彌足珍貴

- 不足為奇　大驚小怪

97 觸目驚心

眼前見到的情況，內心感到震驚。形容所見所聞的情況極其嚴重或非常悽慘。

《碾玉觀音》將一個鬼故事拖延到收尾才揭曉，將懸念與故事情節、結局完美融合，令人回味情節時**觸目驚心**。

鄉村受到工業污染，草木不生，狀況**觸目驚心**。

瞿秋白《餓鄉紀程》七：「我們從奉天到哈爾濱沿路**觸目驚心**，都是日本人侵略政策的痕跡。」

正與反

- 膽戰心驚　驚心動魄　怵目驚心
- 司空見慣　習以為常　泰然自若

194

你這次去貴州旅行，遊覽著名的黃果樹瀑布了嗎？

去了，那景觀真讓人觸目驚心。

怎麼？聽說瀑布非常壯觀，名不虛傳吧！

不是壯觀，而是因為乾旱，瀑布竟然斷流！

顧名思義

明白嗎？
指從名稱上就可以猜測出事物所包含的意義。

試試看！
生氣，**顧名思義**，發怒的時候，身體內就產生了一股氣。

顧名思義，當時的香港植物公園內以植物為主。

顧名思義，筆記小說就像筆記一般，不會太長。

正與反

● 望文生義

● 名不副實　不知所云

好長時間沒見你了，你在忙甚麼呢？

我參加了一個自助旅行團，這半年一直在國外旅行。

半年！你哪來那麼多錢作旅費啊？

自助旅行，顧名思義，吃、穿、住、遊全部自己搞定，花費比參加旅行社少太多了。

99 顯而易見

明白嗎？

事物的情況或道理明擺着，一眼就能看清楚。

試試看！

對他的反常表現，你有疑惑，是很自然的，不過，**顯而易見**，這只是成長的煩惱。

在《皇帝的新裝》故事中，皇帝沒穿衣服的事實**顯而易見**，卻沒有一個人敢說出來。

正與反

- 昭然若揭　有目共睹

- 模棱兩可　高深莫測

198

聽說你和阿輝快要結婚了，恭喜你呀！

阿輝是要結婚了，不過新娘是阿美，不是我！

為甚麼？論學歷、氣質、美貌，你和阿美相比，優勢顯而易見啊！

可阿輝說阿美通情達理、善解人意，做妻子她更具優勢。

100 變本加厲

原指在原有的基礎上更加發展。後指變得越來越嚴重。多指行為、做法、缺點錯誤等。

大家都想稱王，秦始皇統一中國的時候，就更**變本加厲**，自居皇帝，還要把這個稱號世代相傳下去。

你們把別人的容忍當作軟弱，這樣**變本加厲**欺壓人，早晚會受懲罰的。

正與反

● 肆無忌憚　有加無已

200